Princesse Zélina

Le Grand Prix de Noordévie

Bruno Muscat

Tout petit, il adorait se déguiser en chevalier et sauver les princesses avec son épée en plastique. Trente ans plus tard, Bruno Muscat est journaliste à *Astrapi*. Raconter des histoires est devenu son métier, et les châteaux forts le font toujours autant rêver.

Philippe Sternis

est surtout connu pour ses bandes dessinées : il a publié ses premières planches en 1974 dans le journal *Record*, avant de créer d'autres séries pour Bayard Presse. En 2000, il a publié *Pyrénée*, chez Vents d'Ouest, qui a reçu de nombreux prix, dont celui du festival de Creil.

BRUNO MUSCAT • PHILIPPE STERNIS

Princesse Zélina

Le Grand Prix de Noordévie

bayard poche

Royaume de

Montagnes
Noires

Landes d'Ohr

Kertala

Royaume
de Loftburg

Sévrougo

Schnitzel

Lac d'Émeraude

Noordévie
N
O
E
S
Baghora
Le château royal
Oberon
Forêt de Tildar
Ile d'Ysambre
Port-Duchesse

Prologue

Quoi de plus émouvant qu'une princesse amoureuse? Le cœur de l'espiègle Zélina appartient tout entier à Malik de Loftburg. Qui n'a d'yeux que pour la belle jeune fille... Tout irait donc pour le mieux dans le plus beau des royaumes?
Hélas, non, car autour de Zélina tout n'est que menaces et trahisons. Réussira-t-elle une fois de plus à échapper aux complots de la reine Mandragone et de son terrible démon, Belzékor? Alors que le rideau se lève sur cette nouvelle aventure, rien n'est moins sûr...

Un père inflexible

Le roi Igor secoua la tête avec énergie :
— Non, non et non, il n'en est pas question ! Tu ne participeras pas au Grand Prix de Noordévie !

Zélina se renfrogna. Une adorable petite ride se dessina sur son front parfait.

— Et pourquoi ? Je sais monter à cheval et je n'ai pas froid aux yeux...

Le vieux souverain soupira, mais il resta de marbre. Il ne connaissait que trop bien le caractère entêté de sa charmante fille.

Le Grand Prix de Noordévie

– Simplement parce que cette course est beaucoup trop dangereuse ! Il y a tous les ans des blessés, et je ne tiens pas du tout à voir l'un de mes enfants estropié...

Et, avant qu'elle n'eût le temps d'argumenter à nouveau, il ajouta :

– Ma décision est sans appel. Inutile de dire qu'elle est aussi valable pour ton frère !

Le pauvre prince Marcel manqua de s'étrangler en buvant sa citronnade. Participer à cette épreuve de fous qui réunissait tous les meilleurs cavaliers du royaume et d'ailleurs ? Non, vraiment, très peu pour lui...

Zélina décocha au fils de sa belle-mère un regard plein de mépris. Elle se fichait bien de ce balourd ! Ce qu'elle voulait, c'était chevaucher l'un des magnifiques pur-sang de son père, porter haut les couleurs de sa famille, connaître l'intense ivresse de la compétition... et prouver qu'une femme pouvait faire aussi bien qu'un homme sur ce parcours impitoyable ! La princesse en rêvait depuis des années.

– Votre Majesté a raison ! Ce ne serait pas très convenable..., enchérit la reine Mandragone. Ce genre d'extravagance n'est pas fait pour une jeune fille comme il faut.

Zélina serra les poings : mais de quoi se mêlait sa marâtre ? Que savait-elle des plaisirs que l'on éprouve à cheval, elle qui ne sortait jamais du château autrement qu'au fond de son carrosse ? Zélina eut envie de lui répondre qu'on ne lui avait pas demandé son avis ; cependant la présence de son père l'en dissuada.

Le Grand Prix de Noordévie

— Ma chérie... Tu sais pourtant bien que ce n'est pas possible, tenta de l'amadouer Igor.

— Eh bien, puisque c'est comme ça, ne comptez pas sur moi pour assister à la course et remettre la coupe au vainqueur ! s'exclama la princesse avant de pivoter sur ses talons et de claquer la porte.

— Ah... L'adolescence est un âge bien difficile..., soupira le roi. Surtout pour nous autres parents !

Dans le couloir, Zélina retrouva Ambre, sa chère demoiselle de compagnie. Encore pleine de

Un père inflexible

colère, elle lui relata la discussion qu'elle venait d'avoir avec son père.

– Pfff... Il ne comprend jamais rien à rien ! conclut-elle.

– Mademoiselle, essaya de la consoler Ambre, c'est parce que Sa Majesté vous aime, et qu'elle tient à vous plus que tout. C'est vrai que cette course est pleine de dangers...

– Ah, tu ne vas pas t'y mettre toi aussi ! s'emporta la princesse. S'il m'aimait vraiment, il me laisserait faire ce que je veux !

Voyant qu'elle avait par son ton blessé son amie, elle se radoucit un peu :

– Excuse-moi, Ambre… Pourquoi me cherchais-tu ?

– C'est à propos de qui vous savez… Il m'a prié de vous demander si votre rendez-vous de cet après-midi tenait toujours.

La bouche de Zélina esquissa enfin un petit sourire :

– Évidemment ! Va vite dire à Malik que pour rien au monde je ne l'aurais annulé.

Pauvre Malik !

Échappant à la surveillance royale, Zélina salua joyeusement la sentinelle en faction à la porte du château et descendit d'un pas alerte vers Obéron. La perspective de retrouver son amoureux lui avait presque fait oublier sa terrible déception de la matinée. Les deux tourtereaux s'étaient donné rendez-vous à la fontaine de Barenton, qui marquait la frontière entre la ville et les vastes prairies bordant la forêt de Tildar. Un peu en avance sur l'heure convenue, la princesse

Le Grand Prix de Noordévie

avisa un vieux tronc et s'assit dessus en prenant garde à ne pas salir sa jolie robe...

Alors que Zélina rajustait son diadème d'un geste gracieux, elle entendit le bruit d'une cavalcade. Quelques secondes plus tard, un magnifique cheval noir tout en muscles surgit devant elle et pila net dans un grand nuage de poussière.

– Bonjour, mon amour ! J'espère que je ne vous ai pas fait trop attendre...

Malik sauta de la selle et s'approcha de sa bien-aimée en retenant sa monture par les rênes. Zélina se releva et écarquilla les yeux.

– Mais... mais c'est Tonnerre d'Automne, le champion de l'écurie de papa ! s'écria-t-elle, éberluée.

– Belle surprise, n'est-ce pas ? fit le jeune homme, la mine triomphante, ravi de son effet.

Il caressa le chanfrein de l'animal, encore tout ému de pouvoir monter cet extraordinaire pur-sang :

Pauvre Malik !

– C'est un immense honneur que votre père me fait... Il désire en effet que je monte Tonnerre d'Automne lors du Grand Prix !

Zélina vacilla, comme si un poignard acéré venait de lui transpercer le cœur.

– QUOI ?

Se méprenant sur les sentiments de son adorée, Malik renchérit, un rien fanfaron :

– Je crois que Sa Majesté a été très impressionnée par notre folle chevauchée jusqu'à Schnitzel, et par les qualités de cavalier que j'ai déployées à cette occasion !

Le Grand Prix de Noordévie

Les joues de la princesse virèrent au cramoisi. Malik, tout excité par sa bonne fortune, ne parut pas s'en apercevoir.

– Il me reste encore dix jours pour nous entraîner tous les deux ! s'exclama-t-il en flattant l'encolure de Tonnerre d'Automne. Est-ce que ça vous dirait de m'aider à mesurer nos progrès, ma douce princesse ?

Malik farfouilla dans sa poche et en sortit un joli sablier, qu'il tendit à Zélina. Ce fut à cet instant qu'il se rendit compte que quelque chose n'allait pas :

– Euh... qu'avez-vous, mon amour ? On dirait que ça ne vous fait pas plaisir ?

– Non, ça ne me fait pas plaisir du tout ! éclata la princesse. Ce matin, mon père m'a interdit de participer au Grand Prix, et vous... vous vous permettez de me proposer de vous aider à vous entraîner !

– Mais, ma chérie...

– Trop dangereux, m'a-t-il dit... Et, pour vous, ce n'est pas trop dangereux, peut-être ?

– Ma colombe... Je connais votre courage, lâcha Malik. Mais...

Pauvre Malik !

— Mais quoi encore ? grogna Zélina.

Le bel étudiant baissa la tête et marmonna :

— C'est que... je suis un garçon, et vous, vous êtes une fille... Et que les filles...

Il n'eut pas le temps de terminer sa phrase : la main de la princesse s'abattait violemment sur sa joue. Zélina regretta aussitôt son geste et se prit la tête entre les mains. Malik, médusé, essaya

Le Grand Prix de Noordévie

maladroitement de se justifier. Mais, déjà, la fille d'Igor s'enfuyait en pleurant, plus honteuse d'elle-même que furieuse contre le jeune homme.

Ce fut ainsi que la princesse rentra au château, nettement plus contrariée qu'elle n'en était partie…

Les bons conseils de Rosette

Zélina escalada quatre à quatre les marches du grand escalier du château. Elle courut s'enfermer à double tour dans ses appartements et s'effondra sur son lit en sanglotant. Mais que venait-elle de faire ? Lever ainsi la main sur l'amour de sa vie... Malik lui pardonnerait-il jamais cette gifle injuste ?

Alors qu'elle inondait son oreiller de larmes amères, la princesse entendit une voix qu'elle connaissait bien résonner au-dessus de sa tête :

Le Grand Prix de Noordévie

– Oh, oh... Il me semble que j'ai été bien inspirée de passer te faire une petite visite aujourd'hui !
– Marraine ? hoqueta Zélina.
La minuscule fée battit gaiement des ailes :
– Elle-même ! La seule, la grande, l'exceptionnelle Rosette, pour te servir, comme toujours ! Mais, d'abord, que nous vaut ce gros chagrin ?
La jeune fille se redressa et essuya ses grands yeux rougis avec son mouchoir de dentelle.
– C'est que... j'ai frappé Malik parce que mon père ne veut pas que je participe au Grand Prix de Noordévie et...

Les bons conseils de Rosette

Rosette se gratta la tête en faisant la moue :
– Hum, hum... Voilà une histoire bien embrouillée... Et si tu me la racontais depuis le début ?

Zélina s'exécuta. Elle n'omit rien : ni l'obstination de son père, ni son propre emportement, si stupide... Dieu, qu'elle s'en voulait à présent ! Un simple mot de travers, et elle avait tout gâché...

Rosette l'écouta en lissant sa robe, l'air songeur.

– Ah, les hommes ! finit-elle par lâcher. Ils éprouvent toujours le besoin de nous protéger, mais cet empressement leur sert surtout à nous écarter de leurs jeux !

Puis, essuyant une larme qui coulait sur la joue de sa filleule, elle entreprit de la consoler :

– Ne t'en fais pas pour Malik ! Excuse-toi humblement ; comme il t'aime, je suis sûre qu'il te pardonnera. Quant à l'entêtement de ton père...

La fée virevolta dans la chambre à la recherche de l'inspiration. Soudain, ses yeux se mirent à

Le Grand Prix de Noordévie

briller d'un éclat malicieux. Elle s'approcha, toute frétillante, de l'oreille de Zélina et lui chuchota :
– Voici ce que nous allons faire...

Le lendemain, après son petit déjeuner, l'espiègle princesse harnacha Paprika, son poney, et partit en compagnie de sa marraine à la rencontre de Malik. Elles n'eurent aucun mal à retrouver le jeune homme à la fontaine de Barenton, où il faisait s'abreuver Tonnerre d'Automne. Zélina mit pied à terre et s'avança lentement vers son prince charmant. Celui-ci resta silencieux, se contentant de flatter l'encolure de sa monture.
– Mon amour..., murmura la princesse. Je... je suis sincèrement désolée pour hier.
L'étudiant ne répondit pas. Il semblait attendre autre chose.
– J'ai été très sotte, et je vous en demande pardon. Si vous le voulez toujours, je veux bien vous aider à vous entraîner !
Les lèvres du jeune homme esquissèrent enfin

un léger sourire. Mais, alors qu'il tendait les mains vers sa promise pour l'attirer à lui, celle-ci ajouta en reculant d'un pas :

– Seulement, il faudra me promettre de m'aider, vous aussi !

Au même instant, la baguette magique de Rosette tournoya trois fois au-dessus de Paprika, et transforma le poney en un magnifique cheval de course !

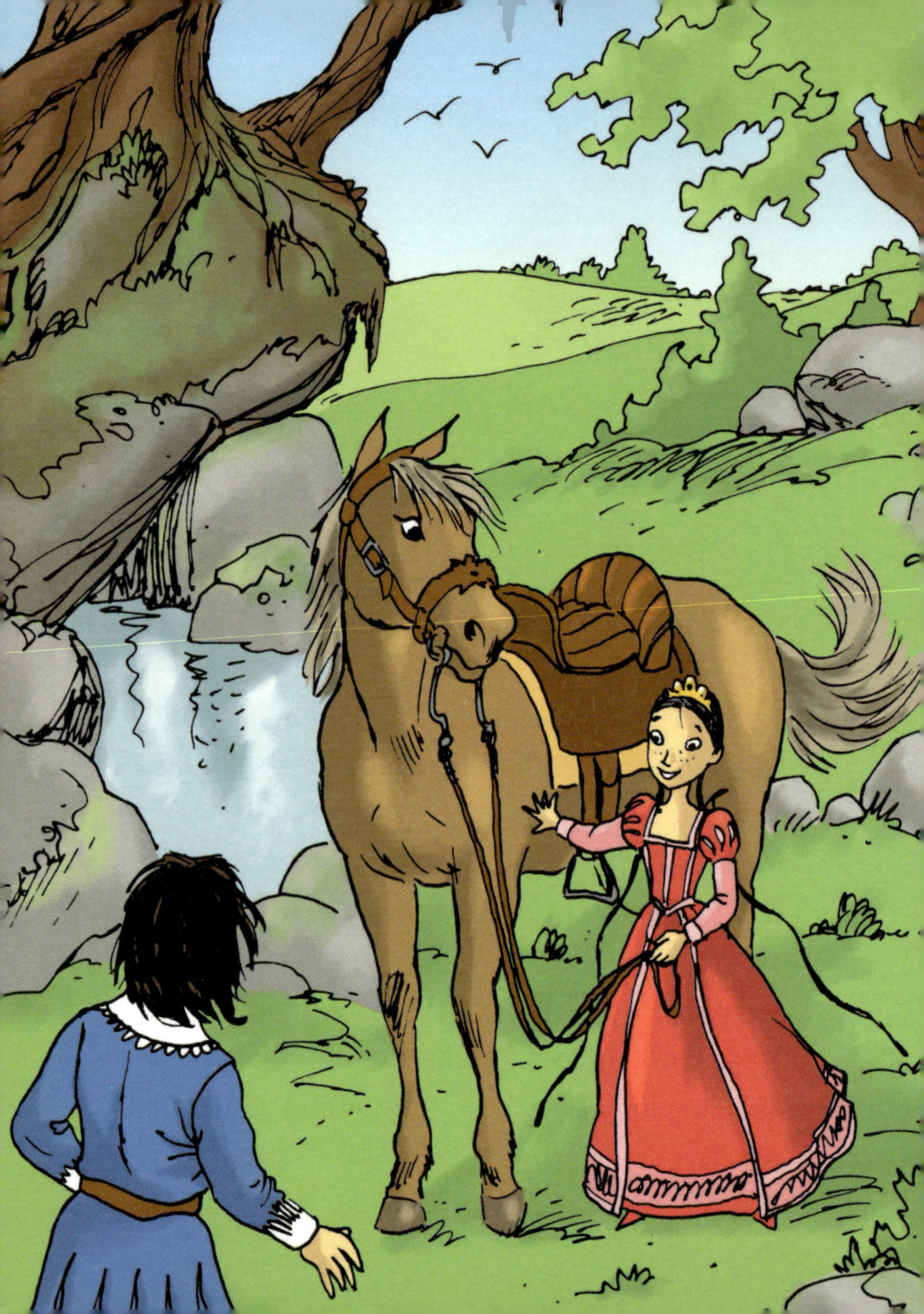

Un entraînement mouvementé

L'idée de Rosette était simple. Comme Zélina avait peu de chances de faire changer d'avis Igor, eh bien, elle allait tout simplement se passer de son autorisation pour participer au Grand Prix de Noordévie !

– Il est beau, non ? s'exclama la princesse en désignant son destrier.

Le pur-sang piaffa. Malik, estomaqué, ne sut trop quoi dire.

– Eh bien, on le commence, cet entraînement ?

suggéra malicieusement la jeune fille en s'approchant de son cheval.

Elle saisit les rênes dans une main et posa l'autre sur le troussequin* de sa selle. Mais, au moment de glisser son pied dans l'étrier et de se percher sur le dos de sa monture, elle réalisa que Paprika avait doublé de taille !

Elle se lança bravement :

* Troussequin : partie arrière de la selle.

– Ho... hisse !

La princesse avait beau tirer sur ses bras de toutes ses forces et sauter le plus haut qu'elle pouvait, impossible de grimper sur le dos de Paprika ! Derrière elle, Malik réprimait à grand-peine un fou rire.

– Gniii... Gniii... Gniii...

Zélina ne tarda pas à s'essouffler. Rosette fronça les sourcils en regardant le jeune homme, qui se décida enfin à intervenir :

Le Grand Prix de Noordévie

– Donnez-moi votre pied, mon amour, je vais vous aider !

Il saisit la jambe de la princesse et l'aida à s'asseoir en selle. Alors qu'elle réglait ses étriers, Malik enfourcha Tonnerre d'Automne.

– Hum, hum, fit-il. Je crois bien que vous avez besoin de quelques leçons particulières...

Les deux cavaliers éperonnèrent leurs montures, qui partirent au galop. Brinquebalée dans tous les sens, Zélina s'accrochait désespérément à sa selle.

Un entraînement mouvementé

– Levez-vous sur vos étriers, vous serez moins secouée ! cria Malik à son élève.

La princesse saisit la crinière à pleines mains et se dressa tant bien que mal sur ses talons. Il lui semblait que chaque nouvelle foulée allait la jeter par terre... Mais elle tint bon, et peu à peu elle retrouva ses réflexes. Après tout, même s'il était à présent plus grand, plus puissant, plus rapide, c'était toujours son cher Paprika ! Zélina osa lâcher une main pour récupérer les rênes qui battaient les flancs de son fougueux destrier. Au moins, ainsi, elle pourrait le diriger... Le vent lui fouettait maintenant les joues ; Paprika écumait. Une légère ivresse la saisit, vite tempérée par la nécessité de se maintenir en selle.

Malik continua à l'encourager :

– C'est bien ! Essayez d'être souple, mon amour...

Souple, souple... Facile à dire ! Zélina resserra instinctivement les cuisses autour du poitrail musclé de son cheval pour éviter de glisser. Qu'il était large ! La voix de Malik résonna de nouveau :

– Attention !

La princesse leva les yeux et aperçut la ligne sombre d'une haie entre les oreilles de Paprika. En quelques secondes, ils furent dessus. Tonnerre d'Automne franchit l'obstacle sans encombre ; Paprika, lui, encore peu rompu à ce genre d'exercice, se déroba au dernier moment, et Zélina en fut quitte pour un long vol plané. Heureusement, un buisson d'aubépine amortit sa chute, mais ses longues épines griffèrent cruellement l'infortunée cavalière. Ne la voyant plus à son côté, Malik fit demi-tour, sauta à terre et se précipita vers elle, affolé :

– ZÉLINA !

La jeune fille se dégagea comme elle put. Sa jolie robe n'était plus que lambeaux. Malik eut un coup au cœur en découvrant les égratignures qui zébraient son beau visage. Il déchira un pan de sa chemise, l'arrosa avec de l'eau puisée dans sa gourde et entreprit de nettoyer le visage de son aimée. Heureusement, ces vilaines éraflures n'étaient que superficielles.

Rosette arriva à tire-d'aile :
— Excuse-moi, ma chérie, lâcha-t-elle, confuse. Je ne pense pas que c'était une si bonne idée...

Zélina se redressa comme un ressort :
— Tu plaisantes ? Dès demain, nous recommencerons, et nous finirons bien par passer ce satané taillis ! En attendant, je crois qu'il est plus sage de s'en tenir là pour aujourd'hui...

La fée rendit à Paprika sa taille initiale. Zélina embrassa tendrement Malik et rentra au château.

Le Grand Prix de Noordévie

Sur le perron du logis royal, elle croisa Belzékor, le sinistre conseiller de sa belle-mère.

— Mais, Mademoiselle, que vous est-il arrivé ? souffla le nabot.

— Rassurez-vous, Monsieur, trois fois rien... J'ai simplement trébuché dans un buisson de ronces !

Le démon caressa sa barbe clairsemée en regardant la princesse s'éloigner :

— Décidément, cette petite péronnelle ment bien mal ! Gardons l'œil sur elle et tâchons de découvrir ce qu'elle nous cache...

Un après-midi de fête

La veille de la grande course, la fête battait son plein à Obéron. En une semaine, Zélina avait fait des progrès considérables en suivant les conseils avisés de son jeune maître. La princesse parvenait maintenant à escalader sa monture. De plus, elle maîtrisait correctement le grand galop, et possédait suffisamment de rudiments de saut pour ne plus se couvrir de ridicule devant l'obstacle...

De son côté, Belzékor n'avait rien manqué de ses entraînements. Mais le discret démon s'était

Le Grand Prix de Noordévie

bien gardé d'en informer sa reine. Dans son esprit pervers commençait en effet à se dessiner un plan diabolique dont la réussite allait à coup sûr le réhabiliter aux yeux de l'acariâtre Mandragone...

En ce beau samedi, les amoureux s'étaient accordé une petite récréation... Se tenant tendrement par la main, les deux tourtereaux déambulaient au milieu des baraques foraines et des étals de confiseries plantés sur le champ de foire.

Un après-midi de fête

Nul habitant d'Obéron ne se serait avisé de perturber cette promenade, tant le respect inspiré par Malik et Zélina depuis qu'ils avaient sauvé la ville des griffes des Vikings d'Harald le Rouge était grand.

Les yeux pétillants de bonheur, la jolie princesse semblait sur un petit nuage. Elle n'avait pas été aussi heureuse depuis bien longtemps...

– Et que diriez-vous d'une partie de chamboule-tout, mon amour ? susurra-t-elle à l'oreille de son bel étudiant.

– Que désirez-vous que je gagne pour vous ? Le jambon ou l'ours en peluche ?

– Hi... hi... hi... Grand prétentieux ! se moqua gentiment Zélina. À trop promettre, on court toujours le risque de décevoir...

Malik prit un air faussement sérieux :

– Vous ai-je jamais déçue ?

La jeune fille réfléchit un instant... Non, cette âme pure ne l'avait jamais déçue. Le prince de Loftburg faisait toujours battre son cœur comme au soir de leur première rencontre, tout en haut du beffroi de l'Hôtel de Ville.

– Je choisis l'ours en peluche...

Malik saisit l'une des balles de cuir et ajusta son tir. La pyramide de boîtes vola en éclats dès son premier essai. Zélina applaudit son héros à tout rompre. Le forain lui remit le magnifique ours, sous le regard plein d'envie d'un petit garçon roux qui n'avait rien manqué de la scène. Il était pauvrement vêtu et ne devait pas avoir plus de six ans.

– Comment t'appelles-tu ? lui demanda doucement la princesse en s'accroupissant devant lui.

Le gamin rougit jusqu'aux oreilles et baissa la tête.

– Il ne faut pas être timide comme ça... Je ne vais pas te manger !

– Je m'appelle Corentin, murmura l'enfant, d'une voix à peine audible.

Zélina se retourna vers Malik :

– Il est très beau, cet ours ! Mais, moi, je suis un

peu trop grande pour m'occuper de lui, ne trouvez-vous pas, mon amour ?

Le jeune homme approuva de la tête avec un sourire.

– Toi, Corentin, par contre, je suis sûre que tu sauras bien en prendre soin, poursuivit la princesse. Est-ce que je me trompe ?

Corentin écarquilla les yeux. Zélina lui tendit l'ours, qu'il serra de toutes ses forces dans ses bras.

– Mer... merci, Madame ! balbutia le petit garçon, éperdu de reconnaissance.

Un après-midi de fête

Jamais personne n'avait dû lui faire un tel cadeau...
– Attention ! Tu vas l'étouffer ! plaisanta Malik.
– Chut..., fit Zélina. Laissons-les s'apprivoiser tous les deux...
Elle embrassa le front de l'enfant et saisit son bien-aimé par la main :
– Et si je vous offrais une pomme d'amour, mon chéri ?

Lorsque le soleil commença à décliner sur Obéron, la princesse et son soupirant durent se résoudre à prendre congé l'un de l'autre. Après un dernier baiser au pied du pont-levis du château, chacun regagna ses pénates. La journée du lendemain promettait d'être fatigante, et ils devaient tous les deux profiter de la nuit pour se refaire des forces.
C'est d'ailleurs aussi ce que pensait le perfide Belzékor, qui ne les avait pas lâchés d'une semelle pendant tout l'après-midi...

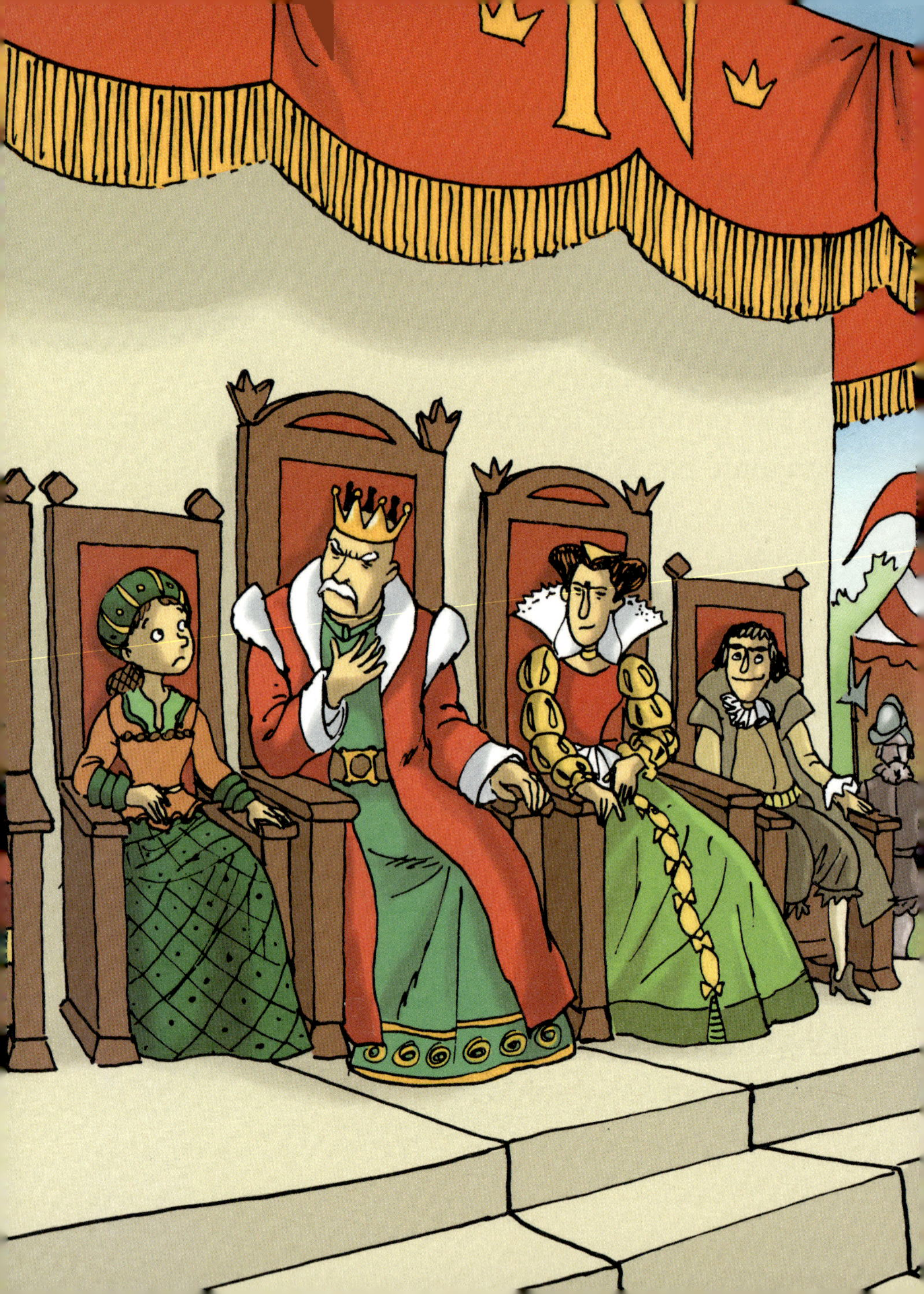

Sur la ligne de départ

— Mais où est donc ma fille ? lança Igor, énervé.

Assise à côté du roi dans la tribune officielle, Ambre le regarda, impuissante. Elle avait eu beau chercher partout, Zélina et son poney restaient introuvables depuis le début de la matinée.

— Bon... Nous n'allons pas l'attendre toute la journée ! bougonna le souverain. Si elle a décidé de faire sa mauvaise tête parce que je n'ai pas voulu qu'elle participe au Grand Prix, eh bien, tant pis pour elle !

Zélina n'était pas la seule à être absente en ce moment solennel. Belzékor lui aussi avait disparu, ce que la reine Mandragone trouva plutôt de bon augure. Il se tramait quelque chose dans l'ombre, et la mine gourmande que son perfide conseiller affichait depuis quelques jours était pour elle pleine de promesses...

Igor esquissa un geste de la main, et une trompette retentit. Une barrière s'ouvrit, et les sabots des montures des participants du Grand Prix de Noordévie foulèrent enfin la ligne droite devant les tribunes. Des applaudissements nourris les accueillirent. Comme tous les ans, cette course réunissait la fine fleur des cavaliers du royaume et d'ailleurs, venus parfois de très loin, tant la renommée de l'épreuve était grande. Chacun vint s'incliner devant le roi à l'annonce de son nom. À tout seigneur tout honneur : le premier à s'avancer fut le vainqueur en titre.

Sur la ligne de départ

— Le chevalier Thibault d'Harcourt ! proclama le héraut.

— Chevalier, je vous souhaite la même fortune que l'an passé, dit Igor en réponse au respectueux salut du cavalier.

— Le marquis Aymar de Rubinpré…

— Monsieur Guillaume Pattefolle…

Le héraut égrenait les noms de la longue liste qu'il tenait à la main.

— Le seigneur Taoufik Al Razul, du sultanat d'Iskandar…

Le Grand Prix de Noordévie

– Vous avez fait un bien long voyage jusqu'à nous, seigneur Al Razul..., s'exclama Igor, admiratif. Et votre monture ne manque pas d'allure !

– Je remercie votre Altesse pour son compliment... Mon dromadaire n'a peut-être pas la grâce de vos magnifiques chevaux, mais je compte bien vous montrer que sa fougue n'a rien à leur envier !

– Le prince Malik de Loftburg...

Des hourras chaleureux saluèrent l'arrivée du soupirant de Zélina. Juché sur Tonnerre d'Automne, Malik tenta de se composer une mine pleine d'assurance. Mais au fond de lui-même le jeune homme était mort de trac à l'idée de se présenter ainsi devant le père de sa belle princesse.

– Alors, prince Malik, heureux de votre monture ? demanda celui-ci avec bienveillance.

– Je ne pouvais en rêver de meilleure...

Alors que chacun se dirigeait vers la ligne de départ pour y prendre place, le héraut fit de nouveau sonner sa trompette :

– Un concurrent de dernière minute désire prendre part à la course !

La barrière de l'aire de repos s'ouvrit, et un mystérieux cavalier s'avança. D'une taille moyenne, il était vêtu d'une large chemise blanche, d'un gilet, d'un pantalon de cuir sombre et de cuissardes épaisses. Un long foulard de gaze noire entourait sa tête, dissimulant son visage jusqu'aux yeux. Il montait un magnifique étalon dont la robe aux reflets fauves brillait sous le soleil.

Le héraut reprit son souffle :

Le Grand Prix de Noordévie

– Ce nouveau concurrent ne veut pas pour l'instant dévoiler son identité...

Un brouhaha agita la foule. Le mystérieux cavalier s'approcha de la tribune et en salua sèchement les occupants avant de se diriger à son tour vers la ligne de départ. Igor, un peu offusqué par ce manque de courtoisie, se pencha vers Monsieur Juvénal, son Premier ministre :

– Cette course nous réserve tous les ans des surprises, mais celle-ci est pour le moins inédite...

Sur la ligne de départ

Le roi s'éclaircit la voix et demanda le silence. Puis il désigna le magnifique trophée posé devant lui :

– La Coupe de la reine Mathilde récompensera tout à l'heure le plus rapide d'entre vous. Lui seul aura l'insigne honneur de la brandir et de voir son nom inscrit sur son socle. Mais sachez que participer à cette course cette année est déjà une immense preuve de courage...

Igor saisit une plume d'aigle posée sur coussin de velours rouge :

– Je vais lâcher cette plume. Dès qu'elle aura touché le sol, vous pourrez vous élancer pour faire le tour d'Obéron. Êtes-vous prêts ?

Les cavaliers, dont les chevaux piaffaient déjà, acquiescèrent en chœur. Les doigts du vieux roi s'écartèrent, et la plume amorça sa lente chute.

– Alors, que le meilleur gagne !

Sous son foulard, Zélina serra les dents. Elle ne pouvait plus reculer maintenant...

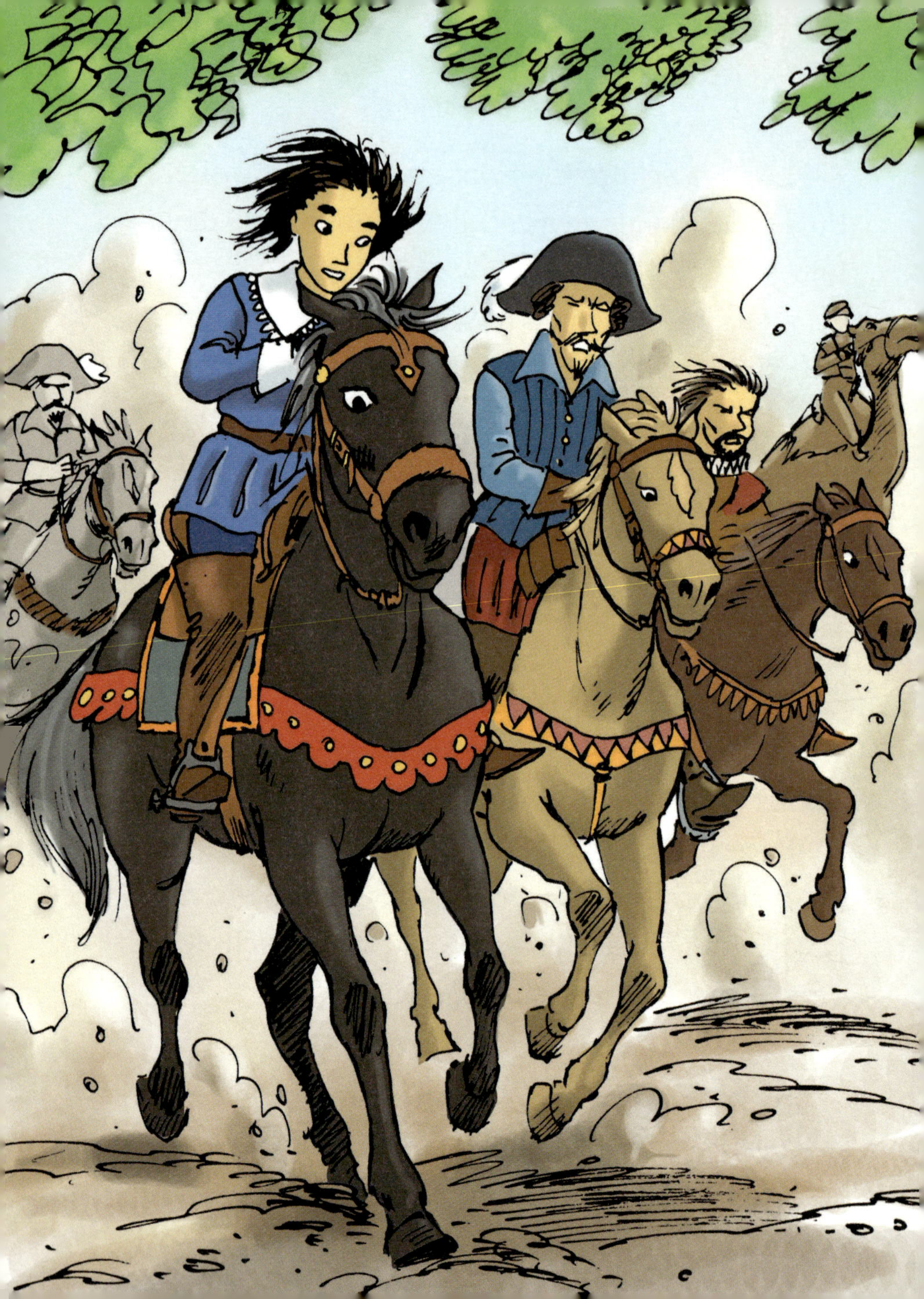

Maléfices et coups tordus !

$\mathcal{D}$ans le vaste éventail du règne animal, Belzékor avait une indéniable prédilection pour le terrible cobra... Il se sentait particulièrement à l'aise dans la peau visqueuse de ce reptile sournois, si habile à donner la mort dans le silence et l'effroi. L'âme damnée de la reine Mandragone se haussa sur sa queue et scruta l'horizon en déployant sa monstrueuse collerette. Les concurrents étaient encore loin. Le démon se détendit, ondula tranquillement entre les hautes fougères

Le Grand Prix de Noordévie

qui bordaient la fontaine de Barenton et se lova à l'ombre des pierres chaudes en attendant sa proie...

Zélina avait pris un départ très prudent. La course était longue, et elle ne devait pas faire de faute. Devant elle, Malik et les cavaliers de tête s'éloignaient dans un nuage de poussière. La princesse se cala fermement dans ses étriers, souleva ses fesses de la selle et talonna Paprika. Celui-ci accéléra la foulée. Zélina essaya de suivre à la lettre les conseils de son professeur : rester détendue, garder le buste bien immobile... Jusque-là, elle n'y parvenait pas trop mal.

« Surtout, ne pas trop me laisser distancer... »

Paprika allongea progressivement le pas. C'est au galop que la monture de la princesse s'engagea sur la grande plage qui longeait le lac d'Émeraude. Les sabots du pur-sang semblaient voler au-dessus du sable durci. La jeune fille faisait corps avec son cheval. Elle rattrapa Thibault d'Harcourt, qu'elle doubla aisément. Vexé, le cavalier cravacha un peu plus sa monture et se porta à la hauteur de la princesse. Au moment où ils furent côte à côte, Thibault se déporta brusquement. Paprika fit un écart, déséquilibrant sa cavalière. La princesse réussit à se rétablir par miracle, mais déjà Thibault était repassé devant.

– TRICHEUR ! hurla Zélina.

Le Grand Prix de Noordévie

Mais la fille d'Igor n'était pas du genre à se laisser abattre. Elle pressa les flancs de Paprika, qui banda un peu plus ses muscles puissants.
– Vas-y, montre-lui ce dont tu es capable !

Les deux concurrents quittèrent la plage et commencèrent à longer la forêt de Tildar. Zélina se

Maléfices et coups tordus !

tenait maintenant dans l'ombre de Thibault. Elle savait précisément ce qu'elle avait à faire. Dans quelques secondes, lorsqu'ils arriveraient à la fontaine de Barenton, il lui suffirait de jeter Paprika à la corde pour mettre Thibault dans le vent. Elle avait répété la manœuvre une dizaine de fois avec Malik, et c'était imparable…

Mais, au moment où elle s'apprêtait à accomplir son audacieux dépassement, quelque chose jaillit de derrière la fontaine. Paprika, affolé, se cabra et éjecta sa maîtresse de la selle. La princesse s'affala sur le sol. Un instant, elle craignit de s'être rompu le dos. Heureusement, il n'en était rien ; mais elle mit quelques secondes à reprendre ses esprits. Ce fut alors qu'elle découvrit un gigantesque serpent dressé devant elle, qui la fixait en sifflant ! Affolée, la princesse ferma les yeux. Cette horrible bête ne pouvait être qu'une vision de cauchemar, une hallucination causée par sa chute... Hélas, lorsqu'elle les rouvrit, l'hallucination était toujours là !

« Sssss... Sssss... »

La tête oscillant comme un pendule, le reptile prenait tout son temps pour frapper. On aurait dit qu'il savourait ce moment. C'était tout juste s'il ne se léchait pas les babines de son horrible langue bifide à l'idée du festin qui se préparait... Soudain, le serpent se détendit et plongea sur sa proie. Au même instant, un coup de sabot magistral l'envoya valser au loin, parmi des herbes folles. Encore sous le choc de la terrifiante apparition, Zélina s'écria :

– Bravo, Paprika !

Le magnifique cheval s'ébroua nerveusement. C'était sa façon à lui de faire comprendre à sa princesse qu'il valait mieux pour eux ne pas s'éterniser ici.

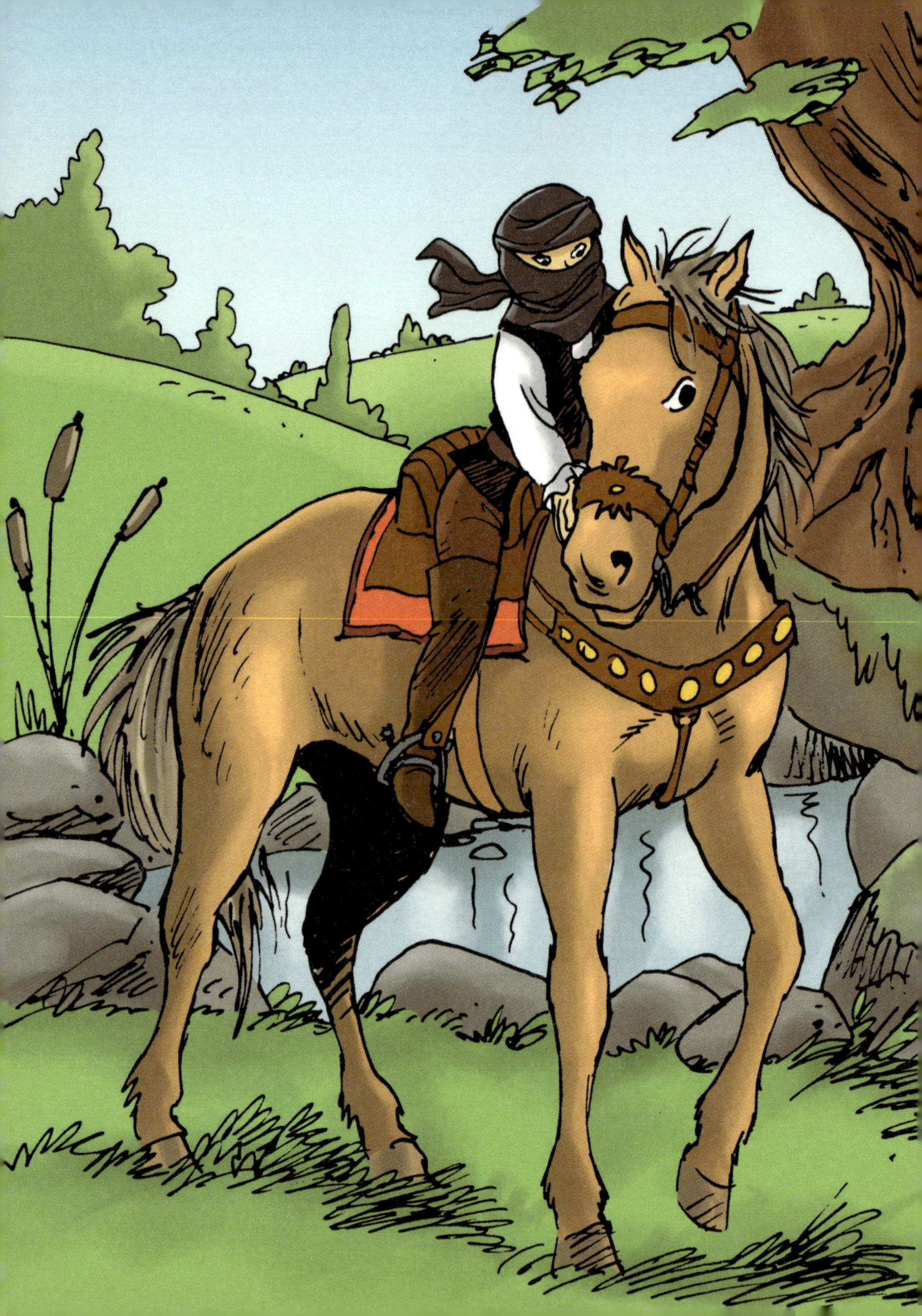

Sous les foudres du démon

Zélina se releva en grimaçant et enfourcha Paprika avec peine. Son petit corps n'était plus que contusions, bosses et élancements divers ! Mais le souvenir encore chaud de l'ignoble chose qui rôdait autour de la fontaine fut plus fort que la douleur. Vite, s'éloigner de cet endroit maudit ! La princesse se cala comme elle put dans sa selle :

– Allez, Paprika… Ne nous attardons pas, murmura-t-elle.

Le Grand Prix de Noordévie

La jeune fille saisit le crin épais de sa monture à pleines mains et s'allongea sur son encolure. Le cheval ne se fit pas prier et partit au grand galop.

À quelques mètres de là, Belzékor ronchonnait dans les hautes herbes tout en examinant ses plaies. Il était furieux : par un coup de chance inouï, cette petite garce avait encore échappé à son triste sort ! Mais elle n'allait pas s'en tirer à si bon compte... Le démon avait la rancune tenace, et plus d'un tour dans son sac. Il inspira un grand coup et marmonna quelques paroles inintelligibles. Ses yeux se révulsèrent, ses écailles se transformèrent en plumes, et en quelques secondes l'immonde cobra se transforma en un vautour tout aussi menaçant. Au même instant, de gros nuages noirs obscurcirent le ciel.

– On va voir ce que l'on va voir, grogna Belzékor dans un battement d'ailes rageur. Il est temps d'employer les grands moyens !

Le Grand Prix de Noordévie

Le vautour prit de l'altitude. Il n'eut aucun mal à retrouver Zélina. Bien installé sous un gigantesque cumulo-nimbus gorgé de grêle, le démon tendit ses serres effilées vers la princesse. Un éclair aveuglant en jaillit, percutant le sol à quelques mètres d'elle.

– Oh, non..., gémit-elle. Qu'est-ce encore que cela ?

De son côté, Malik ne chômait pas. En deuxième position, derrière Taoufik Al Razul, il tentait de résister au retour d'un Thibault d'Harcourt déchaîné. Les deux hommes se retrouvèrent bientôt flanc contre flanc. Thibault, prêt à tout pour prendre le dessus, tenta de piquer le mollet de Malik avec son éperon ; puis, voyant que sa manœuvre avait échoué, il le fouetta violemment au visage avec sa cravache.

– Vas-tu tomber, canaille ? éructa-t-il, le regard mauvais.

Malik se protégea avec le bras. De l'autre main,

il réussit à saisir l'extrémité de la cravache et tira dessus pour la jeter à terre. Il ne put l'arracher des mains de Thibault à cause de la dragonne qui la retenait à son poignet. Le jeune prince tira alors plus sèchement. Surpris, d'Harcourt fut déséquilibré et glissa de sa selle pour aller mordre la poussière...

Le Grand Prix de Noordévie

Grisé par le pouvoir qu'il détenait dans ses griffes, Belzékor fit de nouveau parler la foudre. Mais, ballotté par les turbulences du cumulonimbus, le démon avait beaucoup de mal à viser juste, et il frappa une fois de plus à côté. Il en fallait plus pour le décourager ! L'infect vautour se stabilisa tant bien que mal, et un autre coup claqua, plus proche cette fois. Cet éclair enflamma l'herbe sèche devant Paprika. La jeune cavalière, aveuglée, tira sur la crinière de son fidèle destrier. Le cheval s'éleva au-dessus du brasier et retomba de l'autre côté, non sans avoir tutoyé les flammes avec ses sabots.

– Encore raté ! grommela le vautour, qui se remit aussitôt en position.

Mais Belzékor n'eut pas le temps d'attaquer de nouveau : l'ignoble rapace fut soudain aspiré par le formidable nuage d'orage comme dans une lessiveuse infernale...

Constatant que l'orage avait cessé, Zélina reprit les rênes de sa monture d'une main décidée. Elle avait une course à finir... et peut-être à gagner ! Juste à ce moment-là, un appel déchirant parvint à ses oreilles :

– AU SECOURS !

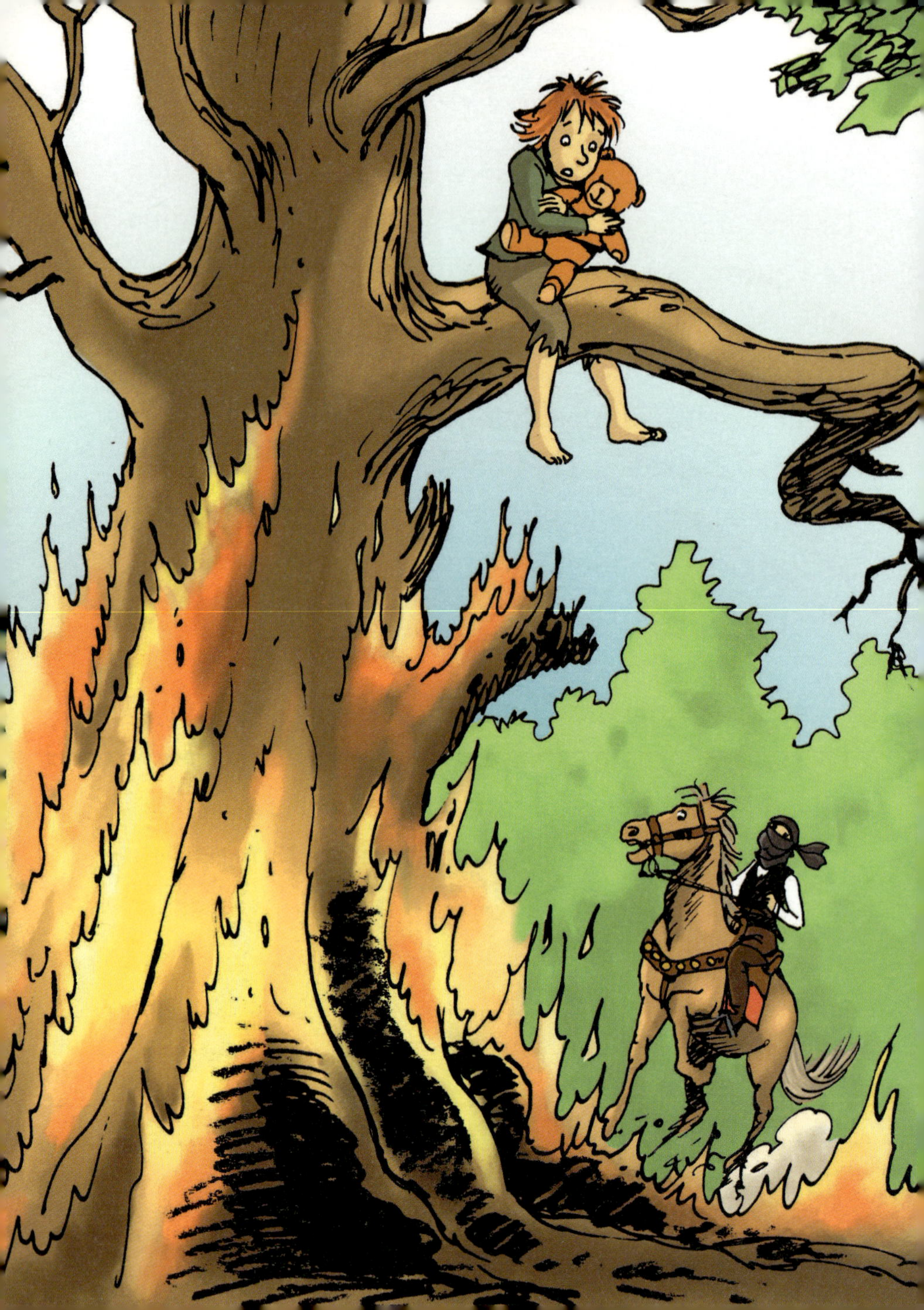

Prisonnier des flammes !

– À l'aide !

Oui, Zélina avait bien entendu. À ce moment de la course, rien n'était encore perdu pour elle. Elle eut un instant d'hésitation ; puis elle s'arc-bouta de toutes ses forces sur ses rênes. Paprika freina des quatre fers en hennissant et fit volte-face. La belle princesse eut alors une vision d'horreur. Au bord de la piste, un vieux chêne était la proie des flammes. En tombant, la foudre avait embrasé la mousse sèche qui tapissait ses racines, et le feu s'était rapidement propagé à tout le tronc vermoulu. Dans les hautes branches, un enfant tétanisé par la peur serrait dans ses bras un énorme ours en peluche...

– Corentin ? s'étrangla la jeune fille.

Mais par où attaquer le sinistre ? Le vénérable bois craquait de toutes parts ; il n'était pas question de tenter de s'approcher trop du tronc. À chaque seconde, les flammes gagnaient de la hauteur, menaçant un peu plus le petit garçon, qui avait dû grimper ici pour mieux voir la course.

– Corentin, avance-toi sur la grosse branche, hurla la princesse. Je vais me mettre dessous, et tu te laisseras tomber sur mon cheval !

Mais Corentin ne bougea pas. La panique semblait avoir eu raison de sa volonté et de ses muscles. Zélina le supplia :

– Je sais que c'est haut, mais tu ne risques rien... Je te le jure !

Le gamin, terrorisé, secoua la tête et serra son ours un peu plus fort en sanglotant.

— Bon, c'est d'accord..., soupira la princesse. Attends-moi là, je viens te chercher !

Paprika se fit un peu prier pour s'avancer. Mais, guidé par la voix rassurante de sa maîtresse, il finit par se poster sous la grosse branche. Zélina quitta ses étriers, replia ses jambes sous elle et entreprit de se mettre debout sur sa selle. Les jambes tremblantes, elle se dressa et entoura la

Le Grand Prix de Noordévie

grosse branche avec ses bras. Puis elle lança ses pieds à leur suite. Avec souplesse, elle se rétablit pour se retrouver à califourchon sur l'écorce. Des flammèches vinrent aussitôt lécher le cuir de son pantalon et roussirent son foulard.

Il ne fallait pas qu'elle traîne ! À quatre pattes, elle s'approcha de Corentin :

– Donne-moi la main.

Sans lâcher son ours, le gamin s'exécuta. La princesse saisit sa main et attira lentement l'enfant vers elle.

– Voilà… C'est bien… Viens contre moi !

Prisonnier des flammes !

Une série d'explosions secoua l'arbre en feu. Le temps pressait. Zélina enserra le poignet de Corentin, qu'elle fit glisser dans le vide avec autorité. Allongée sur la branche, elle posa délicatement le garçonnet sur l'encolure de sa monture.

– Tiens-toi bien à la crinière, je te rejoins !

Le temps qu'elle bascule, la branche s'embrasa à son tour. La princesse retomba sur sa selle et éperonna Paprika. D'un coup de reins formidable, le pur-sang s'arracha de la fournaise pendant que le chêne s'effondrait sur lui-même dans un vacarme assourdissant. Zélina se coucha sur Corentin pour le protéger, mais par miracle ils furent tous les trois épargnés par les braises.

La princesse se redressa et poussa un long soupir de soulagement. Elle ébouriffa la tignasse de Corentin, qui lui sourit avec gratitude. Ils étaient sains et saufs ! En tournant la tête, elle vit la poussière soulevée par les derniers concurrents se dissiper à l'horizon. Tout cela lui semblait tellement futile...

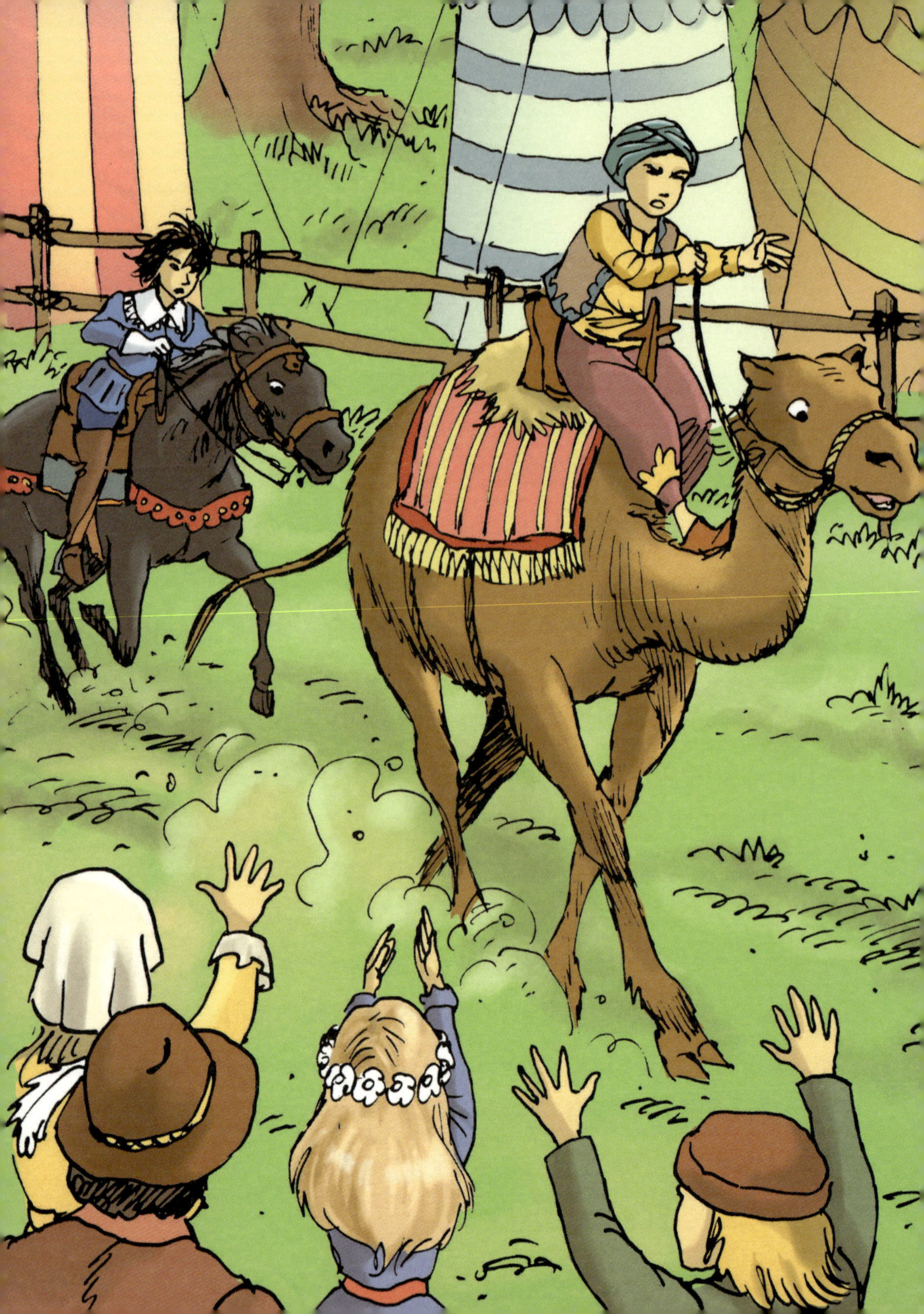

L'ultime cavalcade

À l'amorce de la dernière ligne droite, Malik avait une dizaine de longueurs de retard sur Taoufik Al Razul. L'histoire du Grand Prix prouvait que le Maure avait toutes les chances de gagner. Mais Malik n'avait que faire de l'histoire du Grand Prix ! Le jeune homme relâcha la bride de Tonnerre d'Automne et laissa son pur-sang bondir en avant.

– Allez ! C'est le moment ou jamais de jouer le tout pour le tout !

Le Grand Prix de Noordévie

Tonnerre d'Automne, encouragé par ces paroles, s'envola sous les rugissements du public. Le dromadaire soutint l'effort et résista héroïquement. Mais, à chaque nouveau bond, Malik reprenait quelques centimètres à Taoufik. Jamais arrivée n'avait été aussi incertaine... Haletant un peu plus à chaque foulée, le champion royal jeta fougueusement ses dernières forces dans la bagarre. Plus lourde, la monture de Taoufik peinait à accélérer, et Malik coiffa finalement son concurrent sur le poteau.

Le jeune homme resta un instant incrédule alors que la foule hurlait à s'arracher les poumons.

L'ultime cavalcade

— Tu as gagné, mon beau cheval ! s'écria Malik. Je ne sais pas comment tu as fait, mais tu as gagné !

Caressant le flanc écumant de Tonnerre d'Automne, le jeune homme rejoignit la tribune royale en compagnie de Taoufik, qui le félicita sportivement :

— Prince, vous êtes un brave ! À votre place, beaucoup de cavaliers se seraient avoués vaincus, et je ne rougis pas de m'être incliné devant vous…

— Vous méritiez de gagner, noble chamelier…

Taoufik éclata de rire. Pour lui, la beauté de la cavalcade valait toutes les victoires, et il ne regret-

Le Grand Prix de Noordévie

tait pas d'avoir fait un si long voyage pour perdre aujourd'hui contre un tel adversaire. Petit à petit, les autres cavaliers arrivèrent à leur tour et se regroupèrent devant la tribune.

Le roi prit alors la parole :

– Prince Malik de Loftburg, vous avez fait aujourd'hui grand honneur à nos écuries, et votre magnifique succès restera longtemps dans nos mémoires !

L'ultime cavalcade

Igor toussota :

– Je suis désolé que ma chère fille ne soit pas là pour vous remettre ce trophée que vous avez bien mérité... Mais bon, comme vous le savez bien, elle a son petit caractère ! Tant pis pour elle...

Au moment où sa main allait se poser sur la coupe d'argent, un cheval noir de suie apparut sur la piste. Sagement, au petit trot, il vint se ranger derrière tous les autres. On aurait dit que son cavalier et l'enfant qu'il transportait en croupe cherchaient à se faire oublier... Soudain quelqu'un cria dans la foule :

– C'est lui, le vrai héros de cette course !

L'homme se fraya un passage, saisit la bride de Paprika et le mena devant le roi :

– Oui, sire, j'étais au lieudit des Quatre Chemins, et j'ai tout vu.... Ce jeune cavalier qui fait le modeste a sauvé des flammes l'enfant que voici...

Le témoin raconta la foudre, l'arbre en feu, le courage de l'inconnu, sans oublier de dire comment lui-même avait couru à travers champs pour être le premier à narrer cette histoire...

Le Grand Prix de Noordévie

– Est-ce vrai ? demanda Igor, stupéfait.

Le cavalier hocha la tête sans un mot.

– Votre courage est grand, et il mérite d'être récompensé. Seulement, pour cela, il faut que je sache qui vous êtes...

Le mystérieux cavalier hésita un instant. Enfin, il ôta son foulard :

– Père, je ne mérite aucune récompense...

Le roi crut défaillir : Zélina, sa chère, sa fragile, sa petite Zélina...

– Je vous demande simplement de me faire un peu plus souvent confiance. J'ai grandi maintenant, et j'ai le droit de prendre mon destin en main !

La reine Mandragone glapit :

– Mais vous n'êtes qu'une fille !

– Taisez-vous, Madame ! gronda le roi. Quant à toi, ma fille, tu as peut-être raison... Mais, en attendant, le seul droit que cela te donne, c'est de remettre cette coupe à ce jeune homme !

La princesse eut un sourire radieux. Elle souleva le trophée, le donna à Malik et embrassa le

L'ultime cavalcade

vainqueur sur les deux joues. Puis elle regarda son père avec défi et posa ses lèvres humides sur celles de son amoureux en l'étreignant avec fougue. Mandragone manqua de s'étouffer tandis que le regard d'Igor se perdait dans les nuages.

– Mon beau champion…, murmura Zélina en reprenant son souffle.

– C'est vous, la championne de mon cœur ! lui répondit Malik, rayonnant.

Dans la même collection

N° 1 **L'héritière imprudente**	N° 6 **L'île aux espions**	N° 11 **L'évadé d'Ysambre**	N° 16 **Les enfants perdus**
N° 2 **Le rosier magique**	N° 7 **Le poignard ensorcelé**	N° 12 **L'étoile des neiges**	N° 17 **Le lotus pourpre**
N° 3 **La fille du sultan**	N° 8 **Un mariage explosif !**	N° 13 **Les Vikings attaquent !**	N° 18 **Les naufragés du vent**
N° 4 **Prisonniers du dragon**	N° 9 **Panique à Obéron !**	N° 14 **Le secret de Malik**	N° 19 **La comète de Malik**
N° 5 **Les yeux maléfiques**	N° 10 **La comédie de l'amour**	N° 15 **Le grand prix de Noordévie**	N° 20 **L'ombre du Chat**

Troisième édition

Auteur : Bruno Muscat. Illustrateur : Philippe Sternis
Couleurs : Franck Gureghian. Illustrations 3D : Mathieu Roussel.
D'après les personnages originaux d'Édith Grattery et Bruno Muscat

© Bayard Éditions, 2009
© Bayard Éditions Jeunesse, 2006
18, rue Barbès, 92128 Montrouge Cedex
Princesse Zélina est une marque déposée par Bayard.

Dépôt légal : novembre 2006
ISBN : 978-2-7470-0919-5
Loi 49 956 du 16 juillet 1949 sur les publications destinées à la jeunesse
Reproduction, même partielle, interdite
Imprimé par Pollina, France - n° L50833